POËMES
DE
LA JEUNESSE

PAR

LE TROUVÈRE DU XIXe SIÈCLE

JACQUES BORNET ET SES FILLES

21 poëmes récités par les auteurs dans
toutes les institutions
de France, de Suisse et de Belgique

TROIS PRIX DE L'ACADÉMIE FRANÇAISE

Prix : 50 centimes

PARIS
LIBRAIRIE CLASSIQUE
DE F.-E. ANDRÉ-GUÉDON
15, RUE SÉGUIER, 15

1869

POËMES

DE

LA JEUNESSE

PAR

LE TROUVÈRE DU XIXe SIÈCLE

JACQUES BORNET ET SES FILLES

---

21 poëmes récités par les auteurs dans
toutes les institutions
de France, de Suisse et de Belgique

TROIS PRIX DE L'ACADÉMIE FRANÇAISE

Prix : 50 centimes

PARIS
LIBRAIRIE CLASSIQUE
DE F.-E. ANDRÉ-GUÉDON
15, RUE SÉGUIER, 15

1869

PRÉFACE

Quelques mots sur ma vie et mon but.

Je fus pâtre dans un village de la Bourgogne jusqu'à l'âge de quatorze ans. A quinze ans j'allai habiter Besançon. Là, repoussé par mes petits camarades, à cause de ma misère et de mon ignorance, je sentis un profond désir de m'instruire et de sortir de ma position ; mais ma mère était veuve ; elle avait trois enfants plus jeunes que moi, et, dès l'âge de sept ans, j'avais été condamné aux travaux les plus pénibles pour lui venir en aide. Je n'avais donc jamais pu fréquenter les écoles. Cela m'étant encore impossible, il me vint alors à la pensée d'appeler à moi, aux heures des repas et le dimanche, ces mêmes petits camarades et de me faire expliquer par eux les lettres des enseignes. C'est ainsi que j'appris à lire. Cela dura près d'un an. Dès que je sus lire, je voulus apprendre à écrire; mais, trop pauvre pour acheter des modèles d'écriture, ne sachant peut-être pas qu'il en existât, j'allais ramasser dans les rues de petits morceaux de papier écrits à la main et qui me servaient d'exemples.

Dès que je sus lire et écrire, je fis des vers; mais vivant au milieu de gens aussi ignorants que je l'étais moi-même, je devais renfermer mes vers dans ma poche et ma poésie dans mon âme. C'est ce que je fis. A vingt-deux ans, à force de travail, j'étais parvenu au rang d'employé dans une maison de commerce. Je gagnais de soixante à quatre-vingts francs par mois, ce qui était énorme, à cette époque, pour un pauvre enfant du peuple qui s'était instruit lui-même. Je me mariai alors, puis je me dirigeai vers Paris, poussé par ce désir de m'instruire, de produire, et enfin par cet amour de la célébrité, inhérent à l'âme de tout jeune homme.

A Paris, la terre classique des poëtes martyrs et des exploiteurs de leurs cendres, à Paris commença la lutte; lutte terrible qui devait durer vingt ans, jour par jour, heure par heure. Et, pour comble de misère, à vingt-huit ans j'étais veuf, avec cinq enfants dont l'aîné n'avait pas six ans. J'avais encore ma vieille mère, presque complétement frappée de cécité. Et pour faire vivre cette nombreuse famille, rien que mon travail, auquel je consacrais les jours tout entiers. Les nuits, moins deux heures, quelquefois trois, je les passais à lire, à écrire, à composer des vers.

Cette existence dura jusqu'à l'âge de trente-cinq ans. Alors, pour la première fois, j'osai soumettre quelques-uns de mes vers à un poëte que le hasard avait placé sur mon chemin. C'était Béranger. Fatigué de la lutte et de la vie, ne croyant plus à grand'chose, Béranger se contenta de me reconnaître poëte, de me trouver quelque talent, et ce fut tout. Malgré son influence, il ne fit pas plus pour moi que la société n'avait fait jusqu'alors. Je présentai, néanmoins, chaque année, aux directions des théâtres de Paris un petit drame ou une petite comédie. Mais j'étais pauvre, sans appui, sans recommandation, je devais être repoussé : je le fus inexorablement. Je serais arrivé, dans ces conditions, avec les talents réunis des quatre plus grands dramaturges du monde, Eschyle, Shakespeare, Corneille et Molière, que mon sort eût été le même.

Voyant, après dix ans de tentatives infructueuses, que j'étais condamné à une mort obscure et infaillible, je pris la résolution d'en appeler au public de toute la France, ou plutôt de toute l'Europe.

Mes quatre filles, les quatre enfants qui me restent, poëtes comme moi, étaient arrivées à cet âge où elles pouvaient, je ne dirai pas vivre, mais ne pas mourir de faim, en tirant l'aiguille de douze à quatorze heures par jour. Les pauvres filles avaient fait leur éducation à peu près comme j'ai fait la mienne. Dès qu'elles eurent reçu de moi les premiers principes, elles se mirent au travail à l'aiguille. Il y en avait toujours une qui lisait pendant que les trois autres cousaient pour gagner le pain de la journée. Elles se passaient le volume à tour de rôle. C'était une façon de se reposer.

Je quittai donc Paris et me dirigeai du côté de la Normandie.

Je fis près de quatre cents lieues à pied, couchant sur les routes, vivant de la pomme tombée au bord des chemins, cherchant un auditoire qui, comme le lointain mirage, fuyait toujours; repoussé par les journalistes qui ne voulaient pas parler de moi, par les maires qui ne voulaient pas m'accorder de salles; arrêté ici par la police, un peu plus loin par la gendarmerie, taxé de folie. On ne comprenait pas qu'au dix-neuvième siècle, au siècle du positivisme, du matérialisme, un homme vînt chercher à éclairer, à moraliser les masses avec la poésie, cette langue des dieux morts depuis des mille ans. Souvent je tombais sur la route, mourant de froid, de faim, brisé de désespoir, et, j'en fais l'aveu, j'attendais la mort. Mais bientôt le souvenir de mes enfants me revenait; je me relevais et me remettais en marche, en me disant, comme Christophe Colomb, les yeux vers l'horizon : « Il doit y avoir quelque chose là. »

Ce quelque chose, c'était le but que j'ai atteint. J'ai donné depuis lors, voilà dix ans, en France, en Belgique, en Suisse, plus de quatre mille séances publiques ou particulières, dans lesquelles j'ai eu plus de trois millions d'auditeurs. J'ai obtenu trois fois de l'Académie française, comme encouragement, le prix Leidersdoff. J'ai eu aussi quelques pièces de théâtre jouées en province, et bientôt, comme Molière, j'espère, par elle, pouvoir prendre Paris. — Qu'on ne me suppose pas, pourtant, la sotte prétention de me croire un homme doué de facultés extraordinaires. Je me souviens, au contraire, que lorsque je commençai à m'instruire, je me roulais à terre, je pleurais de désespoir; je ne pouvais rien apprendre, rien retenir; j'avais commencé trop tard; j'étais ce qu'on appelle rouillé : l'état le plus funeste dans lequel un jeune homme, un homme même, puisse se trouver. Il faut des efforts surhumains pour refaire une première éducation manquée. Je ne suis qu'un pauvre enfant du peuple. Je n'ai eu pour moi que deux choses : la foi et la volonté, ces deux leviers avec lesquels on soulève des mondes, on perce les montagnes.

Si parmi mes lecteurs et mes auditeurs il se trouve quelques jeunes gens qui aspirent aussi à la gloire d'être utiles à leurs semblables, de les éclairer, de les moraliser, qu'ils fassent comme moi; qu'ils aient cette foi, cette volonté; qu'ils en appellent au monde entier, et qu'ils soient convaincus qu'ils triompheront de tous les obstacles.

Voilà ma vie, voilà mon but.

JACQUES BORNET.

UN DRAME DANS UNE FORÈT

Dans une forêt sombre, assis au pied d'un chêne,
Sur ses genoux courbés s'inclinant à demi,
La tête et les pieds nus, le corps couvert à peine,
Un fusil sous la main, un homme est endormi.
Son front bas, son œil creux, son col fort, son visage
Que cachent à moitié sa barbe et ses cheveux;
Sa poitrine velue et ses membres nerveux,
Lui donnent un aspect primitif et sauvage...
C'est Jean le Braconnier... Déjà, depuis longtemps,
Les oiseaux ont chanté le lever de l'aurore;
Tout se livre au travail... et lui sommeille encore,
Tranquille, insoucieux des travaux du printemps.
C'est que rien ne le lie à la famille humaine...
Sans parents, sans amis, sans amour, sans savoir,
Il vit dans la forêt où son instinct le mène :
N'ayant point de bonheur, il n'a point de devoir.
Un creux d'arbre ou de roc, la mousse ou le feuillage,
Voilà pour son sommeil;... pour apaiser sa faim,
Des racines, des fruits,... sa soif, l'eau du ravin.
Parfois, il fait pourtant un peu de braconnage.
Ne pouvant l'arrêter, le Garde vint un soir
Lui brûler sa cabane... En y voyant la flamme,
Le Braconnier sentit se déchirer son âme.
Près de sa cendre, il vint, brisé, pleurant, s'asseoir.
Il avait, tout enfant, là, vu mourir sa mère...

Et là, quinze ans plus tard, un matin, sous ses yeux,
Un arbre, dans sa chute, avait tué son père...
Bientôt, il s'éloigna pour jamais de ces lieux.
Depuis, il vécut seul... Mais, là-bas, en silence,
Qui vient à pas de loup?... c'est le Garde du bois...
Il glisse d'arbre en arbre... et tout à coup s'élance,
Le saisit et lui dit : « Je te tiens, cette fois. »
Le Braconnier, aux sons de cette voix humaine,
Ouvre les yeux... regarde... et, le reconnaissant,
Il se lève... l'écarte... et veut s'enfuir... il sent
Renaître sa douleur... il a peur de sa haine...
Mais le Garde l'arrête, en invoquant la Loi.
Jean lui saisit les mains, s'en dégage et s'échappe...
Le Garde s'arme, court, l'atteint, et dit : « Suis-moi. »
Jean le repousse encor... mais le Garde le frappe.
Alors, le Braconnier, voyant couler son sang,
Est saisi de vertige... il frissonne... il chancelle...
Son œil hagard bientôt se ranime, étincelle...
Jean sur le Garde, alors, bondit en rugissant.
Ils s'étreignent... leur chair, partout se lève, s'ouvre
Sous les coups meurtriers ou portés ou reçus.
L'un tombe... de son corps l'autre aussitôt le couvre
Le premier le retourne et reprend le dessus...
Ils se frappent sans fin, se déchirent, se mordent...
Leurs deux corps enlacés, ainsi qu'un bloc d'airain,
Fumants et pantelants, roulent, craquent, se tordent,
Brisant les arbrisseaux et creusant le terrain.
Au pied d'un chêne mort, enveloppé de lierre,
Horribles, fous, muets, bientôt les combattants,
Vont tomber, en roulant, dans une fourmilière...

Ils se lâchent, alors, pendant quelques instants.
Mais le Garde revient... Jean le prend, le terrasse,
L'étreint, et lui garrotte et les pieds et les mains.
En vain le garde fait des efforts surhumains,
Brisé, vaincu, bientôt il lui demande grâce...
Il prie, il prie encor, mais Jean ne l'entend pas...
Il l'attache au tronc d'arbre...et dans la fourmilière,
Debout!...puis sans jeter un regard en arrière,
Se bouchant chaque oreille, il s'enfuit à grands pas.

Quand il sent sur son corps cette lave vivante,
Monter en l'inondant de son âcre liqueur,
Le Garde croit sentir la mort glacer son cœur...
Il remplit la forêt de ses cris d'épouvante.
Il se penche, se tord pour briser ses liens;
Mais plus le malheureux fait d'efforts et s'agite,
Plus promptes, les fourmis surgissent de leur gîte,
Pour frapper qui les trouble et défendre leurs biens.
Après avoir gravi jusques à sa poitrine,
Elles gagnent son cou, pénètrent dans ses yeux;
Ses oreilles, sa bouche, et dans chaque narine,
Et lui font endurer mille tourments affreux.
Le soleil vient encore accroître sa torture...
Les entrailles en feu, le corps gonflé, sanglant,
Bientôt le malheureux s'affaisse en s'étranglant...
L'invincible souffrance a vaincu la nature.

Depuis quelques instants Jean cesse de courir...
Et, plus calme, il commence à sentir les morsures,
Des fourmis, irritant ses nombreuses blessures.

Il pense alors combien le Garde doit souffrir...
Il ralentit son pas... puis tout à coup s'arrête...
La douleur dans son cœur fait naître le remord.
Il revient... court... s'approche et relève la tête
Du Garde, le détache, et crie : « Il n'est pas mort ! »
Son cœur bat, mais son corps est brûlé par la fièvre...
Que faire ?... il voit sa gourde... elle contient du vin...
Il en mouille son front, ses tempes et sa lèvre.
Puis, le prend dans ses bras... court au fond d'un ravin.
Là, serpente un ruisseau : près du bord il le couche,
Lui fait un oreiller de la mousse du bois ;
Puis étanche son sang et verse dans sa bouche,
L'eau qu'il prend dans sa main... recommence vingt fois.
Jamais fils n'eut des soins plus touchants pour un père...
Le Garde, vers le soir, moins pâle, moins souffrant,
Rouvre les yeux, le voit, lui prend la main, la serre...
Bientôt les ennemis s'embrassent en pleurant.
Victimes tous les deux de leurs destins contraires :
L'un cruel par devoir, l'autre par l'abandon,
Ils ont, dans un regard, échangé leur pardon :
L'amour, par la douleur, vient de les rendre frères !...

L'ENFANT PERDU

LA MÈRE

L'air est froid, le ciel sombre...
Que fais-tu dans les bois ?

L'oiseau des nuits, dans l'ombre,
Répond seul à ma voix.
Par pitié pour ta mère,
Niella,
Reviens à la chaumière,
Ah! ah!
Niella!

Du haut de la montagne,
Jusque dans le ravin,
Ta chèvre m'accompagne:
Je l'interroge en vain...
Nous marchons où tu passes,
Niella,
Sans retrouver tes traces,
Ah! ah!
Niella!

Pourquoi donc au village,
Revint-elle sans toi?
Lorsque grondait l'orage,
Es-tu morte d'effroi?
Ou d'un sommeil perfide,
Niella,
Dors-tu sur l'herbe humide?
Ah! ah!
Niella!

C'en est fait, à ta perte,
Je ne survivrai pas;

Vers la maison déserte,
Si Dieu conduit tes pas;
Alors près de ton père,
    Niella,
Je serai dans la terre,
    Ah! ah!
    Niella!

L'ENFANT

M'invitant à le prendre,
Un petit oiseau d'or[1],
Semblait toujours m'attendre,
Puis, s'envolait encor...
Bien loin de la clairière,
    Il a
Conduit les pas, ma mère,
    De ta
    Niella!

Au pied de la montagne,
J'erre depuis la nuit...
J'ai froid; la peur me gagne;
Je tremble au moindre bruit...
Des voix dans la bruyère

1. Il existe, dans quelques villages de la Bourgogne, une tradition qui désigne le rouge-gorge sous le nom d'oiseau du diable. Il vient dans le bois voltiger autour des enfants, des petits pâtres qui, croyant le saisir, s'égarent en le poursuivant dans les combes, au fond des ravins, autour des étangs.

Sont là !...
Viens au secours, ma mère,
De ta
Niella !

Je vois près de la roche,
Avec des yeux de feu...
Une ombre qui s'approche
Toujours... toujours un peu...
Elle m'étreint, ma mère,
Déjà !
Oh ! viens à la prière
De ta
Niella !

Mais j'entends de Jannère,
La clochette là-bas...
Puis la voix de ma mère...
Puis le bruit de ses pas...
Elle vient... — Oui, c'est elle,
Niella !...
Ta mère qui t'appelle,
Ah ! ah !
Niella !

LES DEUX POLES

Ouragan sur la mer... ouragan sur la terre...
Vainement le canon d'alarme a retenti :
Par la foudre et les vents tout semble anéanti...
Partout s'ouvre l'abîme, ou rugit le cratère.

Les torrents charriant des débris entassés
D'arbres et de maisons, les apportent en proie
A la mer en fureur qui les prend et les broie
Et les mêle aux débris des vaisseaux fracassés...

Tout à coup sur le roc, aigu comme le glaive,
Un homme nu, meurtri, par la vague est jeté.
Il s'y dresse... elle fuit... revient... Précipité
Vingt fois, il reparaît, retombe, se relève...

Après une heure, un siècle... en lambeaux, haletant,
Il gravit la falaise, et, chancelant, s'arrête;
Puis, contre l'ouragan, cherchant une retraite,
Regarde, écoute et semble hésiter un instant...

Dans le creux d'un rocher il pénètre, il se glisse...
Son pied heurte, en entrant, quelque chose d'humain.
Un homme! Il dort! frappons! que mon sort s'accomplisse! »
Dit-il, en se courbant, un caillou dans la main.

D'une voix faible, alors, l'homme lui dit : « Arrête...
« Pourquoi verser le sang? — Pourquoi? parce qu'il faut,

« A l'homme dont les lois ont mis à prix la tête,
« Des vêtements pour fuir la mort sur l'échafaud.

« Les bagnes m'avaient pris... Profitant de l'orage,
« J'ai, de mes fers brisés, assommé mon gardien;
« Puis, j'ai, la nuit, gagné ces rochers à la nage...
« Je suis sans vêtement. — Tiens, fuis, voilà le mien.

« Prends-le... ne frappe pas, au saint nom de ta mère,
Celui pour qui tout rêve ici-bas va finir.
« — Qui donc es-tu? — Je suis un pauvre fils d'Homère
« Qui chantais, hier, l'amour, la foi dans l'avenir.

« Sur le monde croulant, au monde qui commence,
« J'allais, en niveleur, aplanir le chemin;
« Je jetais du progrès la divine semence
« Sous les pas chancelants encor du genre humain.

« Je relevais partout le faible qui succombe;
« Je flagellais le vice et combattais l'erreur;
« J'adoucissais aux bons l'approche de la tombe;
« A l'âme des méchants j'enchaînais la terreur.

« Je marchais sans jamais regarder en arrière;
« Pauvre, seul, je puisais ma force dans ma foi;
« Mais la mort, au milieu de ma sainte carrière,
« Est venue aujourd'hui se dresser devant moi.

« Tout abri se fermant à mes prières vaines,
« J'ai, la suivant, ici précipité mes pas;
« De son souffle, bientôt, elle a glacé mes veines;
« Je vais mourir... j'ai soif... — Non, tu ne mourras pas!

« Courage, attends un peu, » dit le forçat, dont l'âme
Vient de renaître au feu de l'amour rédempteur.
Il court... Le moribond bientôt voit une flamme...
Puis un long coup de feu retentit dans son cœur.

Le forçat revient, tombe, et dit : « Tiens, bois et mange.
« C'est mon sang, c'est ma chair, regarde ! ils m'ont frappé ! »
Et, d'un rayon divin le front enveloppé,
Il meurt en souriant du sourire d'un ange.

Le poëte, levant les yeux vers l'Éternel,
Dit : « Je t'offre, mon Dieu, ma plus belle conquête. »
Et, de ses froides mains, du mort prenant la tête,
Expire en lui donnant le baiser fraternel !

LES ADIEUX A LA VIE

D'UNE JEUNE FILLE POETE

Va-t-en, spectre hideux, monstrueuse misère !
Dérobe à mes regards tes membres décharnés...
Nuit ! de ton voile noir enveloppe la terre ;
Nature, fais silence ! — Oubli... néant... venez !

Toi, pour qui l'homme est plein d'une terreur profonde,
Mort ! emporte mon âme en des mondes meilleurs ;
Adieu, terre étrangère ; adieu, terre inféconde,
Pour qui veut t'embellir en t'arrosant de pleurs.

Entends le dernier cri de mon âme en délire
Qu'il te souffle à la face un éternel affront.
La misère a brisé les cordes de ma lyre,
Et de ses doigts crispés elle a ridé mon front ;

C'est elle qui servit de mère à mon enfance...
La Mort ayant fauché la mienne dans sa fleur;
C'est elle qui berça ma couche d'innocence...
A son sein décrépit j'ai sucé la douleur!

Ma muse aux yeux d'azur eut peur de ce fantôme
Et devança mon âme en s'envolant aux cieux...
Elle ira la rejoindre au céleste royaume,
Quand l'éternelle mort aura fermé mes yeux.

Je meurs à dix-huit ans, veuve de mes croyances,
Car le doute a soufflé sur mes illusions,
Le vide a dévasté le champ des espérances
Que mon âme emplissait de douces visions...

Adieu, rêve d'un jour... beau printemps de ma vie,
Qu'un rayon de bonheur aurait fait refleurir;
Adieu, terre stérile, où ne croît que l'envie...
Adieu, monde égoïste... adieu, je vais mourir!

Louise BORNET.

L'AURORE

La nuit, amante du sommeil,
Se reposait encor sur le sommet du monde,
Lorsque l'aurore au front vermeil,
Sur la nature en fleurs pencha sa tête blonde,
Pencha sa tête blonde.

« Pour fêter le lever du jour,
« Prends ta lyre enchantée, ô ma belle endormie,»
Lui dit-elle, « et qu'un chant d'amour,
« De tes milliers de voix rassemble l'harmonie,
« Rassemble l'harmonie.

« Déjà l'encens de ton réveil,
« Parfumant l'air, emplit l'âme d'un doux mystère,
« Et, sous les baisers du soleil,
« Tes cris voluptueux ont réveillé la terre.
« Ont réveillé la terre.

« Déjà l'oiseau, dans les buissons,
« Chantre inspiré de Dieu, charme l'âme et convie,
« Par ses hymnes et ses chansons,
« Au travail, au bonheur, à l'amour, à la vie,
« A l'amour, à la vie. »

LOUISE BORNET.

L'AME ET L'OISEAU

L'AME.

Toi qui voles si près de la voûte éternelle
Et si loin de l'humanité,
Petit oiseau, prends-moi dans un pli de ton aile,
Emblème de la liberté.

L'OISEAU.

Qui donc es-tu ? réponds. Es-tu ma Philomèle,
Timide amante de mon cœur ?
Et dans les flots d'azur, sous la voûte éternelle,
Viens-tu m'apporter le bonheur ?

L'AME.

Cette voûte azurée et pleine de mystère,
Est le sol du royaume où je vivais jadis ;
Mais un jour Dieu, mon roi, m'exila sur la terre,
Dans un sublime élan de pitié pour ses fils ;
De son divin regard enveloppant les mondes,
Il me dit : « Vois ! le crime et la corruption
Souillent le cœur humain de leurs baisers immondes
Portes-y la lumière et la rédemption. »
Toi qui voles si près de la voûte éternelle
Et si loin de l'humanité,
Petit oiseau, prends-moi dans un pli de ton aile,
Emblème de la liberté.

L'OISEAU.

Quoi ! c'est pour accomplir cette mission sainte
Que ton roi t'exila des cieux;

Ingrate ! et ta voix prend les accents de la plainte,
    Et des larmes sont dans tes yeux !

L'AME.

Hélas ! sur cette terre où tout n'est que mensonge,
Haine, égoïsme, envie, orgueil et vanité,
Un jour, je m'éveillai comme au sortir d'un songe,
Rayonnante d'amour et d'immortalité ;
Puis jetant au hasard, sur ce monde en démence,
Un regard encor plein de l'image de Dieu,
Je le vis sans amour, sans vertus, sans croyance ;
J'eus peur et je voulus m'envoler de ce lieu.
Toi qui voles si près de la voûte éternelle
    Et si loin de l'humanité,
Petit oiseau, prends-moi sous un pli de ton aile,
    Emblème de la liberté.

L'OISEAU.

Ta voix est tour à tour attrayante et sublime,
    Pauvre âme ! Est-il vrai qu'ici-bas,
L'homme aveuglé, perdu dans le chemin du crime,
    Creuse le néant sous ses pas ?

L'AME.

Pour puiser ses plaisirs à la coupe du vice,
Je l'ai vu niant Dieu, l'âme et l'éternité,
Sourire, en s'embrassant, comme un nouveau Narcisse,
Dans les ruisseaux fangeux de la perversité.
En vain, dans les transports d'une ardeur insensée,
J'ai crié : « Ton âme est le souffle du Seigneur ;
Élève à son niveau ton cœur et ta pensée,
Dans le bien et le beau cherche le vrai bonheur. »
Toi qui voles si près de la voûte éternelle

Et si loin de l'humanité,
Petit oiseau, prends-moi dans un pli de ton aile,
Emblème de la liberté.

L'OISEAU.

Tais-toi, tais-toi! je sens à ta voix affaiblie,
La pitié déchirer mon cœur,
Et Dieu pourrait, voyant ta tâche inaccomplie,
Nous frapper de son bras vengeur.

L'AME.

Dieu de pitié, pardonne à ma triste impuissance;
Pour éclairer le monde il faudrait ton pouvoir!
Aux malheureux, trop tard, j'ai chanté l'espérance!
A tous en vain, mon Dieu, j'ai chanté le devoir.
En efforts impuissants j'ai déchiré mes ailes,
Pour féconder la terre où tu me vois gémir;
Dans les cieux, près de toi, vers mes sœurs immortelles,
Je ne puis m'élancer et je me sens mourir.

L'OISEAU.

Oh! viens...viens, cache-toi, cache-toi sous mon aile,
Et partons dans l'immensité.

L'AME.

Seigneur, ouvre le ciel à ton âme fidèle,
Rends-moi, rends-moi l'éternité.

LOUISE BORNET.

INVOCATION

Muse, fille de Dieu, sainte sœur de mon âme,
Redescends du sommet de ton trône d'azur!

Viens dessiller mes yeux couverts d'un voile obscur
Et réchauffer mon cœur d'un rayon de ta flamme!
Viens! et puisse au doux bruit de ton aile, au retour,
S'éteindre dans mon cœur les voix de la souffrance!
Rapporte-moi des cieux la force et l'espérance
Et ton divin baiser, source de tant d'amour!

Sur les débris des cordes de ma lyre,
J'ai recueilli le chant d'adieux
De l'automne au front pâle, au funèbre sourire,
Lorsqu'il s'envolait vers les cieux.

Dès longtemps, de ton agonie
Le dernier râle est expiré;
C'est l'heure où le sombre génie
Jette aux airs la sainte harmonie
De son luth inspiré.

L'hiver a dévasté la terre tiède encore
Des derniers baisers du printemps.
Enveloppe-toi bien des rayons de l'aurore,
Et pour me l'apporter, enivrant et sonore,
Va demander à Dieu le baiser que j'attends!

Oh! ma sœur, hâte-toi : déjà la voix aiguë
De l'hiver ténébreux
Fredonne tristement, dans l'ombre de la nue,
Le glas d'espoir aux malheureux.

Hâte-toi! La misère au lugubre cortége,
S'animant à sa voix,
S'en va chanter la mort aux angles de leurs toits,
Déjà couverts de neige.

Tout languit dans leur vie et s'éteint dans leur cœur,
Ainsi que sur la terre,
Depuis que, se livrant aux baisers destructeurs
D'un amant éphémère,
La féconde nature a cessé d'être mère.

A la veuve comptant près de l'âtre sans feu,
Le front penché sur sa fille endormie,
Chaque plainte arrachant à cette frêle vie
Un lambeau de son âme et l'emportant à Dieu.

A l'ouvrier cherchant sur sa livide bouche,
La main sur un berceau, le pied sur un cercueil,
L'âme de sa compagne expirant sur sa couche,
Tandis qu'elle s'enfuit, blanche et toute farouche,
Gazouillant un adieu dans les plis du linceul.

A la fleur qui languit, à la feuille qui tombe,
Au ruisseau que la glace arrête dans son cours.
A la vierge pleurant, à l'ombre d'une tombe,
Son rêve aux ailes d'or envolé pour toujours,

A l'aigle que la foudre arrête dans l'espace,
Au poëte mourant en son obscurité,
A tout ce que Dieu fit briller et qui s'efface,
Qui, murmurant la mort, n'est qu'une ombre qui passe,
Muse, qui parlera, sans toi, d'éternité?

Louise BORNET.

LES MORTS VIVANTS

ET LES VIVANTS MORTS

I

Lorsque la Providence, en son amour de mère,
Vit des flancs du chaos l'humanité surgir,
Pour qu'il fondât des lois qui devait la régir,
Elle prêta son âme au mendiant Homère.

II

Voyant pour de faux biens, par la guerre arrachés,
Les hommes de leur sang couvrir partout la terre,
Virgile, de son sein dévoilant le mystère,
Leur montra des trésors jusques alors cachés.

III

Quand Juvénal, en traits de feu,
Marque au front le pervers, l'impie,
Il se fait l'instrument de Dieu
Qui veut que tout crime s'expie.

IV

Lorsqu'il plonge aux enfers l'orgueil, la lâcheté,
Le vol, la trahison, la luxure, l'envie,
Le Dante se souvient de l'enfer de sa vie,
Il se venge de ceux qui l'ont persécuté.

V

Sombre comme les temps où naquit son génie,
Plein de doute et de foi, créateur souverain,

Shakspeare fit jaillir, d'un monde à l'agonie,
Des anges radieux et des monstres d'airain,

VI

Dans ses tourments sans fin, sa chute criminelle,
Quand l'aveugle Milton peint le grand réprouvé,
Il pleure encore, hélas! sur la perte éternelle
D'un bonheur entrevu, mais jamais éprouvé.

VII

L'humanité vit-elle un homme sur la terre
Plus grand que Camoëns, vieux, brisé par la guerre,
Chantant pour son pays qui le bannissait? — Oui!
C'est l'esclave divin qui mendiait pour lui.

VIII

Machiavel, proscrit, brisé, l'âme meurtrie,
Dans son traité du *Prince,* inspiré par l'enfer,
Enseigne aux Médicis, pour revoir sa patrie,
Du code des tyrans la logique de fer.

IX

Quand poëte Dieu vous fait naître,
C'est pour servir la vérité;
Le sort du Tasse est mérité :
Pourquoi va-t-il servir un maître?

X

De *Phèdre* et de *Cinna* les auteurs éternels
Sont deux des plus puissants poëtes de la terre;

Mais ils en sont aussi deux des plus criminels :
L'un a tué son fils, l'autre a tué son frère.

XI

Molière et La Fontaine, esprits profonds et droits,
A coups de plume, ont fait crouler plus de faux droits,
Ont détruit plus de forts, renversé de barrières,
Que tous les pourfendeurs à grands coups de rapières.

XII

Incomplet par le cœur, il le fut par la tête;
Mais, malgré ses erreurs, sa sombre vanité,
Jean-Jacques sut encor par son œuvre incomplète,
Rajeunir de cent ans la vieille humanité.

XIII

Son esprit trop rusé gâtant sa conscience,
Voltaire gâta tout : son vers et sa science;
Quoiqu'en son siècle ardent comme un astre il ait lui,
L'avenir pourrait bien ne rien garder de lui.

XIV

Vainement j'ai voulu vingt fois me mettre en train
D'étrangler Alexis dans les vers d'un quatrain;
Je comprends que ma muse impuissante résiste :
Il faut, pour étrangler un homme... qu'il existe.

XV

Crébillon, Delille, en leur temps,
Ont vécu plus de soixante ans;
Hélas! ils auraient de la peine
A vivre au nôtre une semaine.

XVI

Chatterton, Malfilâtre ont eu le sort commun :
Pauvre, de faim, il faut que le poëte meure !...
Le monde, en l'admirant, le lendemain le pleure
Qu'il en renaisse mille, il n'en sauve pas un !

XVII

Du malheureux Gilbert, comme une lèpre immonde,
Les lâches détracteurs s'acharnent sur les os :
Il en pourrira plus que les mers n'ont de flots,
Que sa mémoire encor planera sur le monde.

XVIII

André Chénier dressait, dans son âme, un autel
Au saint art qu'il rêvait plein de splendeur sublime ;
Quand, oubliant son œuvre, il courut à l'abîme,
Et gravit l'échafaud pour mourir immortel.

XIX

Schiller du genre humain se fit le saint apôtre,
Gœthe voulut de l'art se poser en géant ;
Avec l'un plein de foi, plein de doute avec l'autre,
L'on monte jusqu'au ciel ou l'on tombe au néant.

XX

Dans sa large cervelle et dans son cœur étroit,
Joseph a du bourreau trouvé l'apologie ;
Xavier, qui d'un lépreux n'a fait que l'élégie,
Pourrait de l'avenir, seul, franchir le détroit.

XXI

La gloire de Byron sans doute est légitime ;
Mais, au lieu d'être lord, s'il eût marché pieds nus,

Loin de vendre un louis ses vers les mieux venus,
Il n'en eût pas trouvé, j'en suis sûr, un centime.

XXII

Moreau, Musset, par Dieu furent sacrés poëtes.
Dans leur aveuglement lâche, odieux, fatal,
L'égoïsme tua l'un dans un hôpital,
Le vice fit mourir l'autre au milieu des fêtes.

XXIII

Delavigne, en ses vers, à chaque mot s'inspire
De l'amour de l'humanité;
On gémit en sentant qu'hélas! rien n'y respire
Le souffle de l'éternité.

XXIV

Chateaubriand, posant sur terre comme un dieu,
De son tombeau lui-même a désigné le lieu;
Malgré son long savoir et sa foi très-profonde,
Son règne pourrait bien n'être pas de ce monde.

XXV

L'un plein de foi, l'autre de doute,
Sue et Balzac ont cheminé :
Le premier, sur la grande route;
L'autre, sur un chemin miné.

XXVI

Béranger, Lamartine, également puissants,
Ont eu, dans l'art divin du chantre d'Ionie,

L'un un peu de génie à force de bon sens,
L'autre un peu de bon sens à force de génie.

XXVII

Barthélemy, longtemps, crut, dans son importance,
Entre Barbier et lui parfaite égalité;
Du rimeur au poëte il n'est qu'une distance :
C'est celle du néant à l'immortalité.

XXVIII

Comme toute puissance aveugle ou surhumaine,
Ayant sur les yeux un bandeau,
Dumas, un jour, suivant le destin qui le mène,
Sera broyé sous son fardeau.

XXIX

Ponsard, Augier, imitant vers ou prose
Des modernes ou des anciens,
Dès leur début ne rêvaient qu'une chose :
Se voir académiciens.

XXX

La nature, à Séjour, avait, en le créant,
Donné les facultés qui peuvent faire un maître :
Le voyant, pour de l'or, créer chaque œuvre au mètre,
Elle vient le marquer au vieux sceau du néant.

XXXI

L'un par l'esprit, l'autre par l'âme,
Rolland, Bouilhet ont des hauteurs;
Mais, des vrais et grands créateurs,
Ils n'ont ni le sens ni la flamme.

XXXII

Barrière et d'Ennery, criant au sacrilége,
Disaient : « L'art est perdu ! plus d'essor ! plus d'élan !
Si l'on porte la main sur le saint privilége ! »
Qui leur garantissait cent mille francs par an.

XXXIII

Le spirite Sardou réduit Scribe, son maître ;
Par un autre, à son tour, Sardou réduit doit être ;
Puis un dernier fera si bien
Que d'eux il ne restera rien.

XXXIV

Si l'on en croit Gautier, — sans excepter Homère, —
Méry n'a pas encor son égal sur la terre ;
Si l'on en croit Méry, jamais au monde entier,
Il ne naîtra poëte aussi grand que Gautier.

XXXV

En vain Laprade a consacré
A l'art son existence entière ;
Toujours il fondit sa matière
A côté du creuset sacré.

XXXVI

Dès qu'ils ont vu ses *Fleurs du Mal*,
Les ennemis de Baudelaire,
Connaissant son état normal,
En rire ont changé leur colère.

XXXVII

Je veux bien, puisque enfin la presse le proclame,
Convenir que Banville est dramaturge aussi ;
Mais la presse, en retour, doit m'accorder ceci :
Qu'en créant ses héros, il oublia leur âme.

XXXVIII

Arsène cisèle très-bien ;
Ses vers ont la forme coquette ;
Enfin, il ne leur manque rien
Que d'être faits par un poëte.

XXXIX

Quand Émile et Paulin font une reculade,
C'est que, plus grands, plus forts et plus audacieux,
Ils espèrent bientôt, comme un autre Encelade,
Dans un saut de tremplin escalader les cieux.

XL

Edmond About et Sainte-Beuve
Se ressemblent fort en ce point :
Ils feraient mille fois peau neuve,
Leur âme ne changerait point.

XLI

Les deux Véron, dit-on, sont de fort beaux esprits ;
Leur nature, en tout cas, semble bien différente :
L'un, de ses écrits lourds a tiré large rente ;
L'autre n'a rien tiré de ses légers écrits.

XLII

Qu'il immortalise ou qu'il tue
Madame Chose ou monsieur Tel,

Janin n'aura pas de statue;
Il ne sera pas immortel.

XLIII

Infortuné Sarcey! malheureux Saint-Victor!
Quel destin fut jamais plus cruel que le vôtre!
A peine à votre aurore, on vous voit l'un et l'autre
Porter sur votre front les rides de Nestor.

XLIV

Quand rien ne bat dans la poitrine,
On a beau se battre les flancs;
Picrole, avec ses mots ronflants,
N'a rien fait que de la tartine.

XLV

Ame toujours malade, esprit toujours chagrin,
Gozlan, qui de bon sens n'eut jamais un seul grain,
Ferait vivre mille ans mille hommes de sa plume
Plutôt qu'il n'en ferait vivre un jour un volume.

XLVI

Trop savant pour être poëte,
Trop rêveur pour être savant,
Paul, de ce qui vit dans sa tête,
N'arrachera rien de vivant.

XLVII

« Un homme de génie égorge ceux qu'il pille, »
Disait un jour l'auteur d'innombrables larcins :
Mais ceux qu'il a tués sont encore fort sains,
Et lui seul est tombé sous sa large faucille,

XLVIII

Ponson, dans l'ardeur qui le pousse,
Pourrait couvrir le monde entier
Des fruits de son triste métier :
Il n'en resterait pas un pouce.

*
* *

Le jour vient où le monde, en sa marche géante,
Va demander un compte à ces faux éclaireurs :
Les exploiteurs du vice et trafiquants d'erreurs
Iront alors combler leur ornière béante.

LES PAUVRES

A MON AMI CHARLES MARTEL

A vous mon jeune ami,
qui portez dans votre âme tout ce qui souffre,
cette humble prière pour les pauvres.

Voici l'hiver... Il vient comme un mauvais génie,
Amenant sur ses pas,
Avec le froid, la faim, la fièvre, l'insomnie,
Des maux qu'on ne sait pas.

Cachant aux malheureux l'infernale cohorte
Des fléaux qu'il conduit,
Sinistre, il vient, la nuit, les grouper à la porte
De leur pauvre réduit.

Puis son souffle, sifflant à travers les fissures,
Sombre comme le glas,
Fait pleuvoir sur leur corps, qu'il couvre de morsures,
La neige ou le verglas.

S'éveillant plein d'effroi, poussant de sourdes plaintes,
Les malheureux, alors,
Font, pour se dégager des funèbres étreintes,
De suprêmes efforts.

Mais voyez-vous, là-bas, au débris d'un naufrage,
L'enfant des matelots?
D'abord plein de vigueur, de force et de courage,
Il surmonte les flots;

Il s'épuise bientôt, il appelle, il implore,
Les yeux au ciel levés...
Qu'on aille à son secours! Il en est temps encore,
Et ses jours sont sauvés.

Nul ne vient... C'en est fait... Il cède... et la tourmente
L'entraîne loin du port...
Et chaque bond qu'il fait sur la vague écumante
Est un pas vers la mort.

Semblable est leur destin... Ignorés dans la foule,
Ils appellent en vain.
La foule indifférente, hélas! passe, s'écoule,
Sans leur tendre la main...

Brisés, cédant bientôt au sort qui les opprime,
Sans crainte ni remord,
Les uns vont se jeter ou dans les bras du crime.
Ou dans ceux de la mort!

Les autres, pour sauver les restes de leur vie,
D'un bond précipité,
S'élancent jusqu'au fond du gouffre d'infamie,
D'où nul n'est remonté.

Pour garder purs et forts tous ces êtres au monde,
Et ces âmes à Dieu,
On songe, le cœur plein d'amertume profonde,
Qu'il eût fallu si peu!

Pourtant ne doutons pas de la nature humaine :
Chaque homme a dans son cœur
Plus de bien que de mal, plus d'amour que de haine,
De raison que d'erreur.

Pour en faire jaillir l'étincelle divine,
Que faut-il quelquefois?
Un seul regard, un mot murmuré, qu'il devine,
Aux doux sons de la voix...

Mères, épouses, sœurs, à vous cette œuvre sainte,
A vous de diriger
Le fils, l'époux, le frère, où l'on entend la plainte
Du pauvre à soulager.

A vous, anges du bien, vous qui savez comprendre
Les profondes douleurs...
Femmes qui pouvez tout, à vous de leur apprendre
L'art de sécher les pleurs!

LE NID D'OISEAU

SOUVENIR D'ENFANCE

Sur le penchant d'une colline,
Au bord silencieux d'un bois,
On apercevait, autrefois,
Une humble et paisible chaumine
Qui semblait aux jours de printemps,
Se cacher sous d'épais feuillages,
Pour se garantir des orages
Et se soustraire aux coups du temps.

C'était là que, bien jeune encore,
Un petit pâtre, chaque jour,
Joyeux, paraissait au retour
Des premiers rayons de l'aurore.
Lorsqu'il avait, en l'embrassant,
Reçu les adieux de sa mère,
Il s'éloignait dans la clairière,
Avec son troupeau bondissant.

Partant un matin, son visage
Rayonnait d'un bonheur nouveau :
C'est qu'il allait, d'un nid d'oiseau,
Dépouiller le naissant feuillage,
Huit nuits, la mère au doux séjour
Avait abrité la couvée;
L'heure enfin était arrivée
De la ravir à son amour.

Vers le taillis dépositaire
Du nid, il arrive, et soudain
S'approche, écartant de la main
Branches, feuillage, avec mystère.
Ignorant le sort qui l'attend,
A ses enfants la pauvre mère
Apporte, radieuse et fière,
La pâture en ce même instant.

Vigilante d'abord, sautant de branche en branche,
Elle s'arrête, écoute, et regarde, et se penche,
Descend, et, confiante, entre dans le taillis,
Annonce son retour... Mais pourquoi ses petits
Ne tressaillent-ils point au doux bruit de son aile?
Pourquoi restent-ils sourds à sa voix maternelle?
Seraient-ils menacés d'un danger imprévu?...
La mère pousse un cri... Grand Dieu! qu'a-t-elle vu?...

Au haut de la charmille
Un serpent veut gravir...
Il vient pour lui ravir
Sa tremblante famille...
Ce tableau plein d'horreur,
En surprise, en terreur,
Change alors de la mère
Le bonheur éphémère...

Craignant tout pour les jours
De ses fils, ses amours,
Son aile se déploie,
Elle lâche sa proie,

Et vole à leur secours...
Elle vient au reptile
Et l'attaque en tout sens ;
Mais il reste immobile
A ses coups impuissants.
Vainement sur sa tête,
Elle plane, s'abat,
Frappe un coup, le répète,
Livre un nouveau combat,
Vole sur son passage,
Saute, fait maints détours
Et s'expose à sa rage,
Sans craindre pour ses jours :
Le serpent s'en dégage,
Et s'avance toujours...
Le voyant près d'atteindre
Ses petits frémissants,
Elle a senti s'éteindre
Ses forces et ses sens...
Cependant verra-t-elle,
Et sans les secourir,
Sous cette dent cruelle
Tous ses enfants mourir ?...
Cette horrible pensée,
Dont son âme est brisée,
Ranime son ardeur.
La mère, dans son cœur,
Prend des forces nouvelles,
Vole sur ses petits,
Les couvre de ses ailes,

Et redouble ses cris...
Mais tout est inutile,
Ses cris et ses efforts :
Aussitôt le reptile
Fait du bas de son corps,
Des nœuds dont il enlace
La branche fléchissant;
Puis sans changer de place,
Il se dresse puissant,
S'allonge,... enfle sa gorge,... et sa gueule béante
A la mère mourante
Vient ouvrir le néant.
Déjà l'infortunée
A senti dans son sein
L'haleine empoisonnée
Du hideux assassin...
Sa plainte déchirante
Cesse de retentir...
Sa paupière tremblante
Vient de s'appesantir...
Déjà... mais de colère
Le pâtre, bondissant,
Frappe, atteint, lance à terre
Le reptile expirant...

Quand un moment après, frémissante et muette,
Elle rouvrit les yeux et releva la tête,
La mère, hélas! trembla pour un danger nouveau
Et crut, dans son sauveur, voir un second bourreau...
La force en elle alors revint avec la crainte...

Elle reprit son vol en reprenant sa plainte...
Mais dans le même instant l'enfant, la comprenant,
Lui dit : Rassure-toi... je pressens maintenant,
Par tes cris la douleur qu'éprouverait ma mère
Si je ne rentrais pas ce soir à la chaumière...
Le jeune pâtre alors s'éloigna de ces lieux...
Elle pleurait toujours... mais quand enfin ses yeux
Dans l'épaisseur du bois ne purent plus l'atteindre,
Elle revint au nid... puis cessa de se plaindre.

LES DEUX MÈRES

Ah! que fais-tu sous la charmille
Où dort, attendant mon retour,
Ma naissante et chère famille?
Tu la ravis à mon amour!...
En le faisant, mère cruelle,
Ne crains-tu pas qu'en son chemin,
La mort, la couvrant de son aile,
N'emporte la tienne demain!...

C'est pour charmer, dans ta demeure,
Tes enfants, que tu prends les miens...
Peux-tu, pour un plaisir d'une heure,
Me ravir le plus grand des biens!...
Sauras-tu préparer leur couche?
Pourront-ils prendre de ta main
Ce qu'ils recevaient de ma bouche?...
Hélas! ils seront morts demain!

Si quelques-uns loin du bocage
Pouvaient vivre sans liberté,
L'hiver, tiens bien au chaud leur cage...
Couvre-la bien d'ombre l'été...
Si leur triste sort sur la terre
N'émeut pas ton cœur inhumain,
Fais-le par pitié pour leur mère :
Elle sera morte demain !...

FATALITÉ

Une profonde nuit enveloppe le monde ;
Au sombre bruit des vents, du tonnerre qui gronde,
On entend, au lointain, se mêler dans les airs,
Les longs rugissements du lion des déserts.
Depuis quelques instants, le soldat, dans l'attente
Du combat que l'orage a deux fois suspendu,
Au pied des hauts palmiers repose sous sa tente,
Quand ce cri : « l'ennemi ! » soudain est répandu.
Comme au feu du chasseur on voit une panthère
Bondir en lui lançant de foudroyants regards,
A ce mot qu'a soufflé le démon de la guerre,
Mille hommes sont debout, menaçants ou hagards,
Chacun en trébuchant sur ses armes s'élance ;
On s'assemble, on se presse et l'on forme les rangs ;
Puis, écoutant, l'œil fixe, immobile, en silence,
On attend l'ennemi qui s'approche à pas lents.
Il vient... il est en face... En une nappe immense

Des deux côtés alors le feu brille et s'éteint;
Chaque rang, tour à tour, recharge, recommence,
Remplace, en se serrant, ceux que la balle atteint.
La grêle et la fumée augmentent les ténèbres.
Vainement les blessés, à genoux, pantelants,
Implorent des secours... leurs voix, leurs crix funèbres
Se perdent sans échos au bruit des feux roulants.
Le sang, le feu, la poudre excitent au carnage;
A chaque pas qu'il fait, le soldat, dans son cœur
Sent la pitié mourir et s'accroître la rage;
Il n'a plus qu'un penser : celui d'être vainqueur.
Ainsi qu'en se cherchant deux laves de cratère
Vont couvrant leur chemin de leurs anneaux brûlants,
Les deux camps ennemis marchent couvrant la terre
D'une couche de corps déchirés et sanglants.
Mais les armes bientôt se heurtent, le feu cesse...
On se cherche, on se touche, on se frappe au hasard,
On s'étreint, on s'égorge, on tombe, on se redresse,
On roule, on râle, on meurt, on fuit de toute part;
On sent des mains de fer tordre les baïonnettes,
Des ongles et des dents vous déchirent la chair,
Des crosses de fusils tourbillonnent dans l'air,
On entend fracasser des membres et des têtes!
Quand d'un rapide éclair la livide lueur
Arrache à tous un cri d'épouvante et d'horreur,
Et fait tomber des mains les armes meurtrières :
Fatalité!... les camps ont reconnu leurs frères!!!

LES ENFANTS DU TISSERAND

O toi qui fais germer les moissons et les fleurs,
Quand tout est glacé sur la terre,
Pour qu'ils s'ouvrent à la misère
Fais éclore, ô mon Dieu! la pitié dans les cœurs.

— Cinq heures vont sonner au clocher du village
Et tu n'as pas encor dormi;
Une sueur glacée inonde ton visage.
Tu souffres donc bien, mon ami?...
— Je vais mourir bientôt. — Non, non, reprends courage;
Soulève ton front à demi :
Toi si grand dans les maux, si fort dans la souffrance,
A ton âge, pourquoi perdre ainsi l'espérance?

O toi qui fais germer les moissons et les fleurs,
Quand tout est glacé sur la terre,
Pour qu'ils s'ouvrent à la misère
Fais éclore, ô mon Dieu! la pitié dans les cœurs.

Pour les familles condamnées
Aux durs labeurs, aux longs revers,
Le temps a doublé les années,
Les printemps touchent aux hivers.
Suivant la voie, hélas! par ses aïeux suivie,
Mon père, un jour, pour nous, mourut sur son métier;
De sa longue misère il m'a fait l'héritier,
Et j'ai gagné la mort en gagnant notre vie.

O toi qui fais germer les moissons et les fleurs,
Quand tout est glacé sur la terre,
Pour qu'ils s'ouvrent à la misère,
Fais éclore, ô mon Dieu! la pitié dans les cœurs.

— Prends cette goutte d'eau pour rafraîchir ta lèvre,
J'irai, quand viendra l'aube, implorer des secours...

— Hélas! le pourrais-tu, toi, dont la faim, la fièvre,
Privent ton fils d'un sein tari depuis trois jours.
Sans avoir, pauvre femme, un bras qui te soutienne,
La faiblesse, le froid ralentissant tes pas,
Peut-être avant ma mort tu ne reviendras pas,
Et je voudrais mourir ma main pressant la tienne.

O toi qui fais germer les moissons et les fleurs,
Quand tout est glacé sur la terre,
Pour qu'ils s'ouvrent à la misère
Fais éclore, ô mon Dieu, la pitié dans les cœurs.

L'âme et le cœur grandis de dix ans dans une heure,
Une enfant couvre alors ses frères de haillons,
Puis s'éloigne avec eux de la pauvre demeure
Dès que l'on voit du jour paraître les rayons.
Le père, frémissant d'une douleur profonde,
Laisse éclater soudain ses sanglots étouffants;
Une secrète voix, en quittant ses enfants,
Lui dit qu'il ne doit plus les revoir dans ce monde.

O toi qui fais germer les moissons et les fleurs,
Quand tout est glacé sur la terre,
Pour qu'ils s'ouvrent à la misère
Fais éclore, ô mon Dieu! la pitié dans les cœurs.

La neige tombe, mais qu'importe!
La pauvre enfant, dans le hameau,
Va, répétant de porte en porte :
« Donnez pour mon frère au berceau,
« Donnez pour mon père et ma mère,
« Tous trois ont froid, tous trois ont faim;
« Donnez, donnez un peu de pain,
« Ne rejetez pas ma prière. »

O toi qui fais germer les moissons et les fleurs,
Quand tout est glacé sur la terre,

Pour qu'ils s'ouvrent à la misère
Fais éclore, ô mon Dieu ! la pitié dans les cœurs.

En vain son saint amour, pour attendrir les âmes,
Donne à sa voix des sons touchants et douloureux.
Le froid double les murs et retient les heureux
Enchaînés près de l'âtre, où scintillent les flammes.
Du village voisin elle prend le chemin,
Charge son jeune frère alors sur ses épaules,
Et marche en soutenant le second par la main,
Et s'abritant parfois dans les fentes des saules.

O toi qui fais germer les moissons et les fleurs,
Quand tout est glacé sur la terre,
Pour qu'ils s'ouvrent à la misère
Fais éclore, ô mon Dieu ! la pitié dans les cœurs,

Mais bientôt la nuit vient... le frère aîné chancelle,
Pâlit, tombe... sa sœur veut doubler son fardeau ;
Elle faiblit... s'affaisse... elle pleure... elle appelle...
Sa voix meurt et ses yeux se couvrent d'un bandeau.
Quand le soleil vint rendre au monde sa lumière,
Sur la neige on trouva trois cadavres glacés :
La sœur tenait encor ses frères enlacés,
Et ses yeux entr'ouverts regardaient la chaumière.

O toi qui fais germer les moissons et les fleurs,
Quand tout est glacé sur la terre,
Pour qu'ils s'ouvrent à la misère
Fais éclore, ô mon Dieu ! la pitié dans les cœurs.

SUR UN BERCEAU

IMPROVISATION

Toi qui remplaces l'ange à jamais regretté,
Toi qui viens pour calmer la douleur infinie

De ceux qui t'ont tant souhaité,
Que ta naissance, enfant, par le ciel soit bénie.
Ah! puisse-t-il avoir doté
Ton front des signes du génie,
Comme le sein qui t'a porté
A versé dans ton âme, avec la charité,
La haine de la tyrannie
Et l'amour de la liberté.

AU POETE SOULARY, DE LYON

Après la lecture de son volume de sonnets.

Ton livre est d'un Titan, ta préface est d'un nain.
Qui, sous le haut portail de ton temple se carre...
Pour suivre l'aigle au ciel, le roitelet Janin
A voulu le couvrir de ses ailes d'Icare.

LE CHAT, L'OISEAU ET LE CHASSEUR

FABLIAU

Apercevant, sur une branche,
Un oiseau dont la plume blanche
Lui semblait être jeune encor
Pour pouvoir prendre son essor;
Un chat dit : « Voici mon affaire;
« Cet oisillon aura beau faire,
Bientôt il sera sous ma dent.

« Mais, toutefois, soyons prudent ;
« Ne jugeons pas sur l'apparence ;
« Beaucoup m'ont fait la révérence,
« Qui pourtant comme celui-ci,
« Me semblaient bien jeunes aussi. »
Alors Raton, dans sa cervelle,
Cherchant une ruse nouvelle,
Un œil fixé sur l'oisillon,
Va se glisser dans un sillon,
Et, pour atteindre la bruyère,
Il se couche le ventre à terre,
S'allonge et s'avance en rampant,
Ainsi que ferait un serpent.
Déjà, ce vieux chat, fort habile,
Pour happer notre volatile,
Allait sur elle s'élancer,
Quand un chasseur vint à passer.
Banni du lit avant l'aurore,
Par la grande ardeur qui dévore
Tous les gens qui font son métier,
Celui-ci, le jour tout entier,
Avait parcouru la campagne,
Les bois, les guérêts, la montagne,
Et pourtant rentrait au logis
Sans bécasse, ni perdrix.
« Quoi ! disait-il, pas une grive ?
« Pas une alouette chétive ?
« Pas un pinson, pas un friquet,
« Sur qui décharger mon mousquet ?
« J'enrage... Moi dont chacun vante
« L'œil prompt et sûr, la main savante...
« Que dira-t-on dans le hameau ?
« Mais que vois-je sur ce rameau ?
« C'est un oiseau de mince taille...
« Ma foi, tant pis ! vaille que vaille...

« Il va payer pour ses aînés
« Les maux que je me suis donnés. »
Aussitôt notre homme s'apprête
A descendre la pauvre bête
Qui, sans se douter du danger,
Faisait entendre un son léger
Et saluait de sa voix pure
L'astre brillant de la nature.
De son côté, maître Raton,
Qui se trouvait dans le buisson,
Croyant cet instant favorable,
Fait alors un bond incroyable;
Mais, s'élançant, il fait du bruit,
L'oiseau l'entend, crie et s'enfuit.
Le chasseur qui, dans cette attente,
Venait de lâcher la détente,
Au lieu d'atteindre l'oisillon,
Avait frappé maître Raton,
Qui, retombant dans les broussailles,
Se roule, se tord les entrailles,
Et poussant d'effroyables cris,
Cherche à regagner son taudis,
Mais, hélas! c'est presque impossible;
Car notre vieil incorrigible
Vient de perdre, en ce jour affreux,
Le moins mauvais de ses deux yeux;
Puis une patte de derrière,
Une oreille et la queue entière.
Jugez si ce malheureux chat
Pouvait rentrer en cet état?

Pourtant vers sa pauvre chaumine,
Lentement, Raton s'achemine,
Moitié traînant, roulant, boitant,
Enfin, l'infortuné fait tant,

Que sur le minuit il arrive.
Aussitôt, d'une voix plaintive,
Il veut annoncer son retour.
Mais, las de ses travaux du jour,
Le maître, étendu sur sa couche,
Dormait comme une vieille souche
Et ne songeait guère au tourment
Qu'éprouvait notre vieux gourmand.
En vain Raton, contre la porte,
Fait entendre une voix plus forte :
A sa plainte l'on ne répond
Que par un silence profond.
Bientôt sa souffrance redouble;
Déjà son dernier œil se trouble;
Enfin, quand le maître arriva,
Le malheureux Raton creva.
Voilà l'histoire un peu terrible
De notre vieil incorrigible :

Au lieu de prendre un oisel, il fut pris...
Il eût mieux fait de chasser des souris.

LE FLÉAU

Un jeune laboureur rentrant à sa chaumière,
Embrasse son enfant, son épouse et sa mère,
Et va, riant, heureux, à la table s'asseoir,
Pour prendre à leur côté l'humble repas du soir.
Quelques instants après, de longs coups de tonnerre
S'approchaient du vallon en ébranlant la terre.
L'eau tombait par torrents ; la foudre et les éclairs
Brillaient, se succédaient sans cesse dans les airs...
Le sombre oiseau des nuits, du fond de sa retraite,

Mêlant son cri sinistre au bruit de la tempête,
Venait doubler encor l'horreur de ce moment
De trouble, d'épouvante et de déchirement.
La famille, longtemps inquiète, alarmée,
A la voix de l'époux s'était enfin calmée.
Tous reposaient déjà quand l'inondation
Vint, la nuit, envahir son habitation...
Aux cris de son enfant, l'œil rempli d'épouvante,
Il s'éveille, et, sur l'eau, voit sa couche mouvante...
Il vole à son secours, l'élève, en répétant :
Fuyons, fuyons la plaine!... et tous au même instant,
Sont prêts mais c'est trop tard! dans son cours invincible
Le fléau destructeur rend leur fuite impossible!...
Que vont-ils devenir!... Dans un étroit grenier
Tous, glacés de terreur, vont se réfugier...
Et de là, le mari, s'élançant sur le faîte,
Au milieu des éclairs, des coups de la tempête,
Implore des secours d'un accent déchirant...
Mais rien ne lui répond que la voix du torrent...
Que la voix de la mort!... Dans une horrible attente,
Fou... bras nus... œil hagard... poitrine haletante,
Il revenait alors..., et, dans son triple amour,
Sur son cœur se brisant, il pressait tour à tour
Sa femme, son enfant, sa pauvre vieille mère...
Tous ensemble, parfois, à genoux, en prière,
Pleurant, ils s'élançaient... Du groupe frémissant
Partaient alors ces mots : Viens à nous, Dieu puissant!
La famille, pourtant, va reprendre courage...
L'aube commence à poindre, on n'entend plus l'orage.
Ils sont sauvés...c'est Dieu qui vient à leur secours...
Le fléau cependant, monte, monte toujours!...
Bientôt il les atteint, et l'aurore couverte
D'un long voile de sang vient éclairer leur perte.
C'en est fait, plus d'espoir, ils n'ont plus qu'à mourir!
Voyez... voyez là-bas... on vient nous secourir,

S'écrie, en cet instant, le père ivre de joie...
D'une barque, en effet, la voile se déploie,
Et glissant sur les flots, comme un oiseau léger,
Vers le chaume isolé semble se diriger...
Elle arrive... Aussitôt, pour aider l'abordage,
Des hommes, au mari, lancent un long cordage;
Mais il glisse, il échappe à ses tremblantes mains,
Et, pour le ressaisir, tous ses efforts sont vains...
La barque au loin s'enfuit. Poussant des cris de rage,
Le malheureux, alors, déchire son visage,
Se tord les mains, les bras, s'arrache les cheveux...
Il lui reste un espoir... Armant son bras nerveux,
Il détache du toit, casse, brise, rassemble
Poutres, meubles flottants, pour les lier ensemble.
A la grâce de Dieu, sur ce faible secours,
De ceux qui lui sont chers il confiera les jours...
Mais quel est cet objet que le torrent entraîne?...
C'est un bateau sans guide ayant rompu sa chaîne...
Il renverse, il écrase, en sa fuite sans frein,
Arbres, chaumes, maisons placés sur son chemin...
En le voyant venir sur leur frêle demeure,
Tous comprennent qu'ils sont près de leur dernière heure;
Épouvantés, mourants, levant leurs mains vers Dieu,
Ils s'embrassent, se font un éternel adieu,
Et dans l'affreux fracas du torrent en furie
Se perd leur dernier cri d'horreur et d'agonie!!!

En peignant à vos yeux le funèbre tableau
De ces infortunés frappés par le fléau,
Je ne viens demander à vos âmes émues
Ni prières sans fruit, ni larmes superflues.
Laissons, pauvres humains, le soin à l'Éternel
De donner aux martyrs leur place dans le ciel.
Je viens vous dire à tous, dans ce malheur immense:
L'œuvre du mal finit; que la vôtre commence.

Hommes de tous les rangs, pauvres ou fortunés.
Mères, amantes, sœurs, donnez, donnez, donnez...,
Donnez pour ceux qu'on voit seuls, pleurant à cette heure
Sur les débris épars de leur chère demeure,
Appeler, par leurs vœux et leurs cris superflus,
Un père, un frère, un fils qu'ils ne reverront plus...
Donnez pour le vieillard, dont l'existence austère
S'est passée isolée à féconder la terre,
Et qui, faible, impuissant, vient de voir sans retour
Quarante ans de labeurs dévorés en un jour...
Donnez pour l'artisan qui, l'âme déchirée,
Ayant autour de lui sa famille éplorée,
Dans les cités en deuil, d'un pas lent, incertain,
Erre, morne, accablé, sans asile et sans pain...
Donnez pour que demain ces victimes sans nombre
Implorant le passant, ou gémissant dans l'ombre,
Apprennent dans leurs maux, en essuyant leurs pleurs,
Que nul n'est resté sourd aux cris de leurs douleurs.
Donnez pour qu'en tous lieux on dise que la France
Qui se montra toujours la première puissance,
Par ses lois et ses arts, sa force et sa splendeur,
Sa gloire et ses vertus, l'est aussi par le cœur.

9 juin 1856.

Cette pièce, faite pendant les inondations de 1856, fut récitée sur plusieurs Théâtres dans des représentations au profit des victimes du fléau.

A LA JEUNESSE !

Depuis quatre mille ans qu'errant et solitaire
Maudit et proscrit en tout lieu,

L'indomptable génie éclaire cette terre
Comme un rayon vivant de Dieu,

Il n'est pas un soupir, un sanglot, une plainte,
Pas un cri de persécuté,
Qu'aux quatre coins du monde, en sa mission sainte,
Son âme n'ait répercuté!

Il n'est pas un palais, pas une pyramide,
Un antre, d'os, de chair pétri,
Pas un sceptre, un laurier, de sang encore humide,
Qu'il n'ait détruit, brisé, flétri!

Il n'est pas un penseur, un bienfaiteur, un sage,
Un martyr de la vérité,
Dont il n'ait, sur l'airain, consacré le passage
Aux yeux de la postérité!

Il n'est pas un seul peuple, abattu sous sa chaîne,
Dont il n'ait su venger l'affront;
Pas un bourreau vainqueur, ivre de sang, de haine,
Qu'il n'ait marqué d'un fer au front!

Il n'est pas un bandit, de haut ou bas étage,
Sur les pas du monde embusqué;
Pas un fripon, vivant de vol ou de chantage,
Qu'il n'ait surpris et démasqué!

Il n'est pas un frelon, pas un folliculaire,
Sans honte, mettant à l'encan,
Son nom, sa voix, sa plume ou sa fausse colère,
Qu'il n'ait fait rugir au carcan!

Il n'est pas un pervers, il n'est pas un transfuge,
Marchant dans l'opprobre ou la mort,
Qu'il n'ait fait, sur sa couche, en son plus sûr refuge
Saigner sous la dent du remord!

Il n'est pas un écueil, il n'est pas un abîme
Où sa main n'ait mis un flambeau;
Il n'est pas un cachot, un instrument de crime,
Où son corps n'ait quelque lambeau!

Et, pourtant, comme aux jours de sa lutte première,
Quand croupissait le genre humain,
Aujourd'hui, malgré l'art, le progrès, la lumière,
Il trouve encor sur son chemin,

Partout, la même foule, avide de débauche,
Courant dans son débordement,
Se livrer, sans pudeur, au vice qui la fauche
A grands coups d'abrutissement!

Partout, le front cynique et les pieds dans la fange,
Les mêmes valets-histrions
Prodiguant bassement la gloire et la louange
A d'odieux amphitryons!

Partout, mêmes frelons, prenant d'assaut la scène,
Et, faisant de l'art un métier,
Corrompant, pour dîner, avec une œuvre obscène
Le sens moral du monde entier!

Partout, mêmes fripons; partout, mêmes corsaires
Prenant, aux sons du même appeau,
Leur éternel gibier, qui laisse dans leurs serres
Ses plumes, son sang et sa peau!

Partout, des cœurs d'airain, des exploiteurs infâmes
Pour grossir un vain capital,
Envoyant par troupeaux hommes, enfants et femmes
Mourir, brisés, à l'hôpital!

Partout, mêmes rêveurs, qu'un fol orgueil enivre,
Consacrant leur vie à forger,

Secrètement, la nuit, dans l'espoir de revivre,
Des instruments pour égorger !

Partout, les mêmes fous, dans les champs du carnage
Portant képi, casque ou turban,
Sabre au poing, dans le sang se jetant à la nage
Pour saisir un bout de ruban !

Partout, mêmes bouchers se ruant à la guerre,
Accumulant sur leur chemin
De longs monceaux de morts pour un lopin de terre
Que d'autres reprendront demain !...

Partout, mêmes bourreaux, qui, frappant sans relâche
Dans leur horrible vanité,
Pour s'y placer un jour, taillent à coups de hache
Un trône dans l'humanité !

Quand, pleurant, le génie, en sa douleur immense,
Les yeux sur ces affreux tableaux,
Demande qui viendra, du monde qui commence,
L'aider à chasser ces fléaux !

Réponds-lui que c'est toi, toi, fille de ce monde
Pour qui sa première aube a lui ;
Toi qui reçus de Dieu la flamme qui féconde
Et tout ce qui fait croire en lui !

Réponds-lui que c'est toi, belle et sainte jeunesse,
Toi, l'amour, la force, la foi ;
Et, pour pouvoir un jour accomplir ta promesse,
Marche, travaille, élève-toi !

Travaille avec ce monde à briser les entraves
Courbant encor l'humanité :
Plus de déshérités, de parias, d'esclaves.
Fonde, enfin, la fraternité !

Prouve que tu comprends tes hautes destinées,
En t'élevant à leur niveau :
Creuse, dans les débris des choses condamnées,
Le chemin du monde nouveau!

Conserve, de l'ancien, les trésors que tu sauves,
Et rends à jamais impuissant
Ce troupeau d'insensés... ce tas de bêtes fauves
Qu'aveugle un long voile de sang!

Laisse dans leur débauche et dans leur turpitude
Les bâtards du siècle géant,
Dans la précocité de leur décrépitude,
S'acheminer vers le néant!

Astre de l'avenir! dans ta marche féconde,
Porte la lumière en tout lieu;
Va, comme un Christ nouveau, régénérer le monde..
Et compléter l'œuvre de Dieu!!

Besançon, 5 novembre 1866.

LES DEUX LARRONS

ET LES DEUX AGNEAUX

CONTE

A MON AMI ADOLPHE GRANGE

Je n'ai jamais compris le charme
Qu'un larron trouve en son métier;

Il a pour ennemis : gendarme,
Garde champêtre et forestier,
Maître, valet, chien et portier;
Femme, parents, juge, complice,
Et l'homme qui mène au supplice...
Enfin, il a le monde entier...
Puis les oiseaux de triste augure...
Sa conscience... et sa figure...
Les vents et les échos railleurs...
Son pas, sa voix, sa silhouette...
Le rossignol et l'alouette,
Ces harmonieux réveilleurs
Des poëtes, des travailleurs...
Tout le poursuit... nul ne l'assiste...
Et malgré le Ciel et les saints,
Qu'il invoque avant ses larcins,
Il fait toujours une fin triste...

L'un de nos deux héros, pourtant,
Semblait né pour un sort prospère :
Riche en tours, jeune, bien portant,
Il avait su fuir du repaire
Le jour où l'on y prit son père...
Et passer, libre, à l'étranger.
Dès qu'il se vit hors de danger,
Notre larron se mit en quête
D'un pays propre à ses exploits...
Il en trouve un, beau, riche, honnête,
Régi par les plus douces lois :
Point de bourreaux... à peine un bagne
— Presque toujours sans habitants, —
Enfin, le pays de Cocagne
Qu'il avait rêvé si longtemps.

Rendant grâce à la Providence,
Il y fixe sa résidence,

Puis il explore le terrain,
Va, vient, tourne, cherche, examine
Du château jusqu'à la chaumine,
Sans voir une porte d'airain...
Tout est en bois et sans ferrures,
Point de verrous... point de serrures...
Il suffit d'étendre la main...
Ah! quelle joie... et quel courage!...
Aussi, — sans attendre à demain, —
Il faut qu'il se mette à l'ouvrage.
Il le fit quand minuit sonna,
Et Dieu sait ce qu'il se donna...
Tout lui fut bon : souliers, dentelles,
Vaisselle, habits, montres, bretelles,
Vin, linge, argent, lard, bracelets;
Il en prit tant et tant encore,
Qu'il rentra, — quand parut l'aurore, —
Chargé comme quatre mulets.
Le jour suivant, comme la veille,
Tout lui réussit à merveille.
Bref, il procède avec tant d'art,
Que sa demeure, — un mois plus tard, —
Formait un grenier d'abondance...
Aussi notre homme, par prudence,
Ne veut pas lasser le Destin...
Il va, bientôt, prendre retraite
Et vivre en paix de son butin...

Un sage, à temps, en tout s'arrête...
C'est pour ne l'avoir pas été,
Qu'après plus de trente ans de peines,
Sans avoir de rien profité,
Son père fut chargé de chaînes...
Puis, ensuite, décapité.

Il n'a plus qu'une affaire en tête...
Aussitôt qu'elle sera faite,
A son métier il dit adieu.
Cette affaire doit avoir lieu
Chez une veuve, une duchesse,
Qu'on citait pour sa piété,
Ses vertus et sa charité,
Mais plus encor pour sa richesse.
Dans l'enceinte de son manoir
Il se glisse, — à minuit, — sous l'ombre...
— Il est des nuits qu'on marque en noir,
Celle-ci se trouvait du nombre. —
La neige, tombant à flocons,
Jonchait escaliers et balcons...
La bise, le givre, la glace,
Clouant les portes, les volets,
Il ne peut entrer dans la place,
Sans réveiller chiens ou valets
Au bruit des gonds et des sonnettes...

Enfin au logis, le larron
Allait revenir les mains nettes,
Lorsqu'il entend, près du perron
Bêler un tout jeune mouton.
De l'étable il ouvre la porte...
Entre, tâtonne... étend la main...
Le sent, le saisit... et l'emporte.
Palpant la bête en son chemin,
Il y taillait la côtelette,
Mettait en sauce ses rognons,
Lorsqu'il croit voir, comme un squelette,
Surgir un de ses compagnons...
C'en était un, — de pire espèce,
Efflanqué, maigre, aux yeux ardents;
Enfin, un loup qui vous dépèce
Un homme en quelques coups de dents.

Non moins heureux que son confrère
Cet autre adroit larron, quinze ans,
Bravant piéges, chiens, paysans,
Avait aux moutons fait la guerre.
Chassé de ses bois par la faim,
Cette fois, bien avant l'aurore,
A jeun il se trouvait encore,
Que le jour touchait à sa fin.
Nez au vent, oreille tendue,
Il flairait la proie attendue,
Lorsqu'il voit venir à grands pas,
Tremblant sous sa toison légère,
Un des moutons dont ici-bas
La Providence est la bergère.
Besace au dos, bâton en main,
Il suivait le petit chemin
Qui menait vers l'humble chaumière
Ouverte au pauvre enfant sans mère...
A son aspect le carnassier
Allongeant son jarret d'acier,
Bondit au-devant de sa proie.
Mais, voyant son œil qui flamboie,
L'enfant, à l'aide d'un rameau,
Se hisse aux branches d'un ormeau.
Et des cordons de sa besace,
A l'une d'elles il s'enlace...
Puis, au loup jetant de son pain,
D'instants en instants, quelques tranches,
Les moins dures et les plus blanches,
Il dit tout bas : « Lorsque j'ai faim
« J'en mange et de bien plus vilain...
« Fais comme moi. » Le vieux gredin,
Hurlant, sifflant de la narine,
De cette oreille n'entend pas...
C'est de chair et non de farine

Qu'il prétend faire son repas.
Il tourne... et, redoublant d'adresse,
Bondit, retombe, se redresse :
Aiguisant sa faim et sa dent,
Au tronc de l'arbre, en le mordant...
S'arrête, regarde en silence...
Pour la vingtième fois s'élance,
Retombe, se met en arrêt.
Lorsque l'homme au mouton paraît.

Changeant d'envie et de posture,
Il court à la double pâture,
Mais aussitôt qu'il l'aperçoit,
Le larron déposant sa bête,
Se campe, l'attend, le reçoit
D'un coup de gourdin sur la tête,
Puis d'un coup de stylet au flanc.
Le loup hurlant, rageant, sifflant,
Plus acharné dans son envie,
Lui saute au cou, l'étreint, le mord,
Lui coupe la gorge et la vie,
Et tombe expirant sur le mort.

Ce petit conte, messieurs, prouve
Que le plus heureux ravisseur,
Dans quelque pays qu'il se trouve,
N'est jamais heureux possesseur.

Dijon, 27 mars 1865.

ON EST HEUREUX QUAND ON SAIT L'ÊTRE

Nous avons des gens ici-bas,
Telle est l'humaine créature,

Des gens que ne satisfait pas
Le bonheur qu'ils voient en peinture;
Ces gens ont pour tête un grelot.
Pourquoi donc ne pas se soumettre
Et se contenter de son lot?
On est heureux quand on sait l'être.

Quand la faim vous talonne un peu,
Lorsqu'on est assis dans sa chambre,
Les pieds sur des chenets sans feu,
Et qu'il fait chaud comme en décembre,
Ratatiné, jaune, maigri,
Si l'on ne peut se reconnaître,
A quoi bon se montrer aigri?
On est heureux quand on sait l'être.

Lorsque sur la paille étendu,
A son réveil on voit l'aurore,
Pour son mortel individu
Que peut-on désirer encore?
Un matelas serait plus doux,
Nous voulons bien le reconnaître;
Mais, bah! cela dépend des goûts,
On est heureux quand on sait l'être.

L'homme riche, dans son château,
Goûte les douceurs de la vie,
Il n'arrose pas son pain d'eau;
Mais on le hait, mais on l'envie;
Tandis que l'homme sans le sou
Peut dormir en paix sous un hêtre.
Donc, qui n'est pas heureux est fou,
On est heureux quand on sait l'être.

Enfin, le bonheur une fois
montre à tous; mais le plus sage

ait à peine allonger les doigts
Pour le retenir au passage.
Ceux qu'on ne vit rien apporter
Le jour où le ciel les fit naître,
Ont-ils le droit de s'emporter?
On est heureux quand on sait l'être.

Anna BORNET.

LE DERNIER RÊVE

ROMANCE

Lorsque blanchi, courbé par l'âge,
Vos rêves ont fui sans retour,
Ne retournez pas au village
Où vous avez reçu le jour.

I

Près de se clore à la lumière
Un jour mon regard s'est tourné
Vers le toit de l'humble chaumière
Où pour la douleur je suis né.
Lorsque blanchi, etc.

II

Le petit ruisseau qui serpente
N'a plus ses mêmes arbrisseaux,
La montagne sa douce pente,
Les rochers leurs mêmes échos...
Lorsque blanchi, etc.

III

La cloche de la vieille église
Ne jette plus dans l'air... hélas!

A travers sa toiture grise
Que les sons funèbres du glas.
Lorsque blanchi, etc.

IV

Les forêts n'ont plus leur mystère,
On n'entend plus comme autrefois
Un hymne à l'amant de la terre
Dans les accents de chaque voix.
Lorsque blanchi, etc.

V

Nul des amis de votre enfance
Ne vient au-devant de vos pas :
L'un repose au champ du silence,
L'autre ne vous reconnaît pas.
Lorsque blanchi, etc.

VI

Tout ce qu'alors, l'âme ravie,
Vous trouviez si pur et si beau,
Vous éloigne, hélas ! de la vie,
Et vous rapproche du tombeau !...
Lorsque blanchi, courbé par l'âge,
Vos rêves ont fui sans retour,
Ne retournez pas au village
Où vous avez reçu le jour.

MARIE BORNET.

PARIS

EXTRAIT DU CATALOGUE

De la Librairie classique

DE

F.-E. ANDRÉ-GUÉDON

15, rue Séguier, 15

Ces ouvrages seront expédiés franco *au reçu du prix marqué*

OUVRAGES DE M. PH. ANDRÉ

Trésor de la Jeunesse (*second degré*) ou Nouveau Recueil de Morceaux choisis en vers et en prose avec des notices biographiques, historiques, géographiques et littéraires à l'usage de toutes les Maisons d'éducation ; **TROISIÈME ÉDITION, REVUE ET CORRIGÉE.** — Un charmant volume grand in-18 de 400 pages, cartonné . 1 fr. 20

Riche cartonnage doré, dos toile anglaise. 1 fr. 35

Trésor de la Jeunesse (*premier degré*) ou Nouveau Recueil de Morceaux choisis en vers et en prose, avec des notices biographiques, historiques, géographiques et littéraires, à l'usage de toutes les classes élémentaires; **DEUXIÈME ÉDITION,**

REVUE ET CORRIGÉE. Un volume grand in-18, cartonné. . . . . 70 c.

Riche cartonnage doré pour distributions de prix. . . . . 80 c.

Ce volume diffère essentiellement de tous ceux du même genre édités jusqu'à ce jour.

Dans l'Introduction de son ouvrage, l'Auteur démontre d'une manière évidente qu'on peut, à l'aide d'un bon Recueil de morceaux choisis, former le cœur des élèves, développer leur intelligence, orner leur esprit, exercer leur mémoire et les faire parvenir en peu de temps à une connaissance plus approfondie de la langue.

Ces ouvrages sont adoptés par un grand nombre de maîtres comme livres de lecture.

Dans beaucoup de communes, ils ont été choisis pour les Bibliothèques communales ; enfin, ils sont donnés en prix dans une foule de maisons.

Trésor de l'Enfance ou Nouveau Recueil en vers et en prose, avec notes, spécialement destiné aux élèves des Écoles primaires. — Un volume in-18 de 56 pages, broché. . . . . . . 20 c.

Cartonné. . . . . 25 c.

***Nouvelle Arithmétique,** Théorique, Pratique et Commerciale, à l'usage des Écoles primaires et des Classes élémentaires de toutes les Institutions, contenant une Exposition très-complète du Système métrique, des Méthodes pour abréger les calculs et un grand nombre de problèmes résolus et à résoudre. — Un volume in-12, cartonné . . .

***Petite Arithmétique des Classes élémentaires,** contenant les Quatre opérations, une Exposition très-complète du Système métrique, les Fractions, etc. — Un volume in-12, cartonné. . . . .

Nouveau Cours d'Algèbre élémentaire, Théorique et Pratique, à l'usage des Institutions, des Écoles professionnelles et normales; **DEUXIÈME ÉDITION, REVUE ET CORRIGÉE.** — Un volume in-12, cartonné. 1 fr. 60

Nouveau Cours d'Exercices et de Problèmes d'Algèbre, avec les solutions raisonnées (*Solutions raisonnées des exercices et problèmes du Nouveau Cours d'Algèbre*), à l'usage des Institutions, des Écoles professionnelles et normales; **DEUXIÈME ÉDITION, REVUE ET CORRIGÉE.** — Un volume in-12, broché, 1 fr. 60

Éléments de Géométrie, Théorique et Pratique, à l'usage de toutes les Institutions, contenant plus de mille problèmes résolus et à résoudre, *trois Traités très-complets :* Levé des plans, Arpentage, Partage des terres, des Notions de nivellement, le Cubage des bois, le Jaugeage des tonneaux; **DEUXIÈME ÉDITION, REVUE ET CORRIGÉE.** — Un très-beau volume in-12 de plus de 400 pages, *renfermant* 393 *belles figures sur fond noir*, broché. 2 fr.

Nouveau Cours de Géométrie, Théorique et Pratique, rédigé conformément aux nouveaux programmes à l'usage des lycées, des colléges, des institutions et des aspirants au baccalauréat ès sciences, contenant plus de onze cents problèmes résolus et à résoudre, *trois Traités très-complets :* Levé des plans, Arpentage, Partage des terres, des Notions de nivellement et un grand nombre de questions usuelles; **TROISIÈME ÉDITION, REVUE ET CORRIGÉE.** — Un magnifique volume in-12 de 500 pages, *renfermant* 453 *belles figures sur fond noir*, broché ou cartonné. 3 fr. 50

***Nouveau Cours d'Exercices et de Problèmes de Géométrie**, énoncés et solutions développées des questions proposées dans les ouvrages de géométrie de **M. PH. ANDRÉ**. — Un vol. in-8°, broché. . . . .

Nouveau Cours de Trigonométrie, rédigé d'après le programme officiel, à l'usage des lycées, des colléges, des institutions et des aspirants au baccalauréat ès sciences, contenant un grand nombre d'exercices résolus et à résoudre, et terminé par le *Résumé du Cours, belles figures sur fond noir.* — Un volume in-8°, broché. . . . . . . 2 fr.

Résumé de Trigonométrie, travail entièrement nouveau, présentant en quelques pages toutes les formules trigonométriques avec explications et figures, suivi de 330 problèmes, dont un grand nombre ont été donnés aux examens, à l'usage des lycées, des colléges, des institutions et des aspirants au baccalauréat ès sciences, brochure in-8°. . . . . 40 c.

***Nouveau Cours d'Exercices de Trigonométrie**, ou Énoncés et solutions développées des questions proposées dans le Cours de Trigonométrie. — Un volume in-8°, broché.

La Géométrie de l'Ecole primaire, Ouvrage renfermant un grand nombre d'applications, d'exercices et de problèmes à l'usage de tous les élèves qui savent écrire et compter, par **M. A. HAILLECOURT**, ancien élève de l'École normale supérieure, agrégé et inspecteur de l'Université, ancien professeur de mathématiques spéciales au lycée de Nîmes, membre des Académies impériales des sciences de Bordeaux et de Dijon. — Un volume in-12 avec figures dans le texte, cartonné. 50 c.

***Notions élémentaires de Chimie**, à l'usage des lycées, des colléges et des institutions, par **M. CH. VIOLLETTE**, ancien élève de l'École normale supérieure, docteur ès sciences, doyen de la Faculté des Sciences de Lille. — Un volume in-12, broché. . . . .

***Traité élémentaire d'Agriculture et d'Horticulture**, à l'usage des Institutions, des Écoles normales et des Écoles primaires, par **M. HIPPOLYTE RODIN**, chef d'institution, secrétaire de la Société d'horticulture et de botanique de Beauvais, membre de la Société botanique de France. — Un volume in-12, avec nombreuses figures dans le texte, broché. . . . . . .

La Bible des Écoles, Cours abrégé d'Histoire sainte, précédé d'une analyse sur chacun des livres de l'Ancien et du Nouveau Testament, du canon, de l'inspiration, de l'authenticité et de la véracité des livres saints, suivi de la Vie de Notre-Seigneur Jésus-Christ et de l'Histoire des Juifs jusqu'à leur entière dispersion, avec des notes archéologiques, historiques et géographiques, par **M. L'ABBÉ ORSINI**, chevalier de la Légion d'honneur, aumônier de l'Hôtel impérial des Invalides, auteur de l'*Histoire de la Sainte Vierge*, etc. Cet ouvrage est augmenté d'un Questionnaire et enrichi de 26 belles vignettes. Ouvrage approuvé par Mgr l'évêque de Beauvais. **TROISIÈME ÉDITION**. — Un volume in-18, cartonné. . . . . 75 c.

Approbation — Nous Joseph-Armand Gignoux, évêque de Beauvais, Noyon et Senlis ; sur le rapport favorable qui nous a été adressé, approuvons la *Bible des Écoles* de M. l'abbé Orsini, et faisons des vœux pour que cet ouvrage, *attachant et instructif*, obtienne le succès dont il est digne, et contribue, suivant le désir de l'auteur, à graver profondément dans la mémoire et le cœur des enfants l'histoire admirable de notre Sainte Religion.

Donné à Beauvais, le 27 décembre 1867.

Jos. Ar.,

Évêque de Beauvais, Noyon et Senlis.

Traité élémentaire de Métaphysique, à l'usage des communautés religieuses, de toutes les institutions et des personnes du monde voulant approfondir la divinité de la religion catholique, par **M. L'ABBÉ OLLIVIER**, aumônier de l'École normale de Rennes. — Un volume in-12, broché. . . . . 1 fr. 60

Dictionnaire de la Langue française, suivi d'un sommaire des principales difficultés grammaticales et d'un Dictionnaire de Mythologie, d'Histoire et de Géographie, par **M. P. POITEVIN**, ancien professeur au collége Rollin, auteur du Cours théorique et pratique de langue française, adopté par le Conseil de l'Université. **SIXIÈME ÉDITION, REVUE CORRIGÉE ET AUGMENTÉE.** — Un volume grand in-32, broché. . . . . 1 fr. 90

Cartonné. . . . . 2 fr. 20

Dictionnaire complet des Rimes, précédé d'un Traité de versification, par **M. LAASS D'AGUEN**, membre de l'Université. Nouv. édit. — 1 vol. in-32, grand raisin, broché. . 1 fr. 20

Les Ouvrages marqués d'un astérisque paraîtront pendant le premier semestre de 1869.

Imp. P.-A. BOURDIER, CAPIOMONT et Ce, 6, rue des Poitevins.

www.ingramcontent.com/pod-product-compliance
Ingram Content Group UK Ltd.
Pitfield, Milton Keynes, MK11 3LW, UK
UKHW031941260826
14628UKWH00004B/1769

9 782014 111712